AF589629

DES

FORMES DIVERSES DU CHŒUR

DANS

LA TRAGÉDIE GRECQUE.

DES

FORMES DIVERSES DU CHŒUR

DANS

LA TRAGÉDIE GRECQUE,

PAR M. A. ED. CHAIGNET,

PROFESSEUR DE LITTÉRATURE ANCIENNE À LA FACULTÉ DES LETTRES DE POITIERS.

PARIS.

IMPRIMERIE IMPÉRIALE.

M DCCC LXV

DES

FORMES DIVERSES DU CHŒUR

DANS LA TRAGÉDIE GRECQUE.

Au nombre des parties d'étendue ou de quantité, dont la réunion compose une tragédie complète, nous avons vu qu'Aristote compte le *choricum*[1]. Ce choricum renferme lui-même plusieurs espèces : d'abord les parties lyriques chantées sur la scène, soit par un seul acteur, ou par plusieurs acteurs alternant entre eux, soit par les acteurs alternant avec le chœur. Dans le premier cas, ces portions de la tragédie portent les noms synonymes de *ἀπὸ σκηνῆς*, de *monodies* ou de *thrènes*[2]; dans le second, celui de *commus*. Nous avons cherché à prouver[3] que ces monologues ou dialogues lyriques ne constituent pas précisément une des parties d'étendue de la tragédie; car, bien qu'ils soient séparables et même séparés les uns des autres, ce qui est le caractère distinctif des éléments matériels et accidentels, opposés aux éléments essentiels d'un tout, ils n'occupent pas dans l'ensemble une place déterminée et fixe; ils se répandent dans tout le corps de la pièce, pouvant être indifféremment ici ou là, sans troubler l'ordre des divisions régulières, et, de même qu'ils peuvent se trouver dans toutes les parties, ils peuvent aussi ne se trouver dans aucune. Ainsi, par exemple, *les*

[1] *Poet.* c. XII. Aristote en compte quatre; le scholiaste d'Héphestion les porte à dix : le prologue, le messager, le deuxième messager, *ἐξάγγελος*, la parode, l'épiparode, le stasimus, l'hyporchétique, le dialogué, le scénique. Cette énumération n'en nomme que neuf.

[2] C'est ce que le scholiaste d'Héphestion nomme le *chœur scénique* : *σκηνικὸς δέ ἐσ7ιν ὅταν τῶν ὑποκριτῶν εἰς εἰς ᾠδὴν φέρητα*

[3] Ce mémoire fait partie d'un long travail sur la métrique grecque, étudiée dans ses applications à la tragédie

Euménides ne présentent ni commus ni monodie, bien que cette pièce ait toutes ses parties d'étendue, puisqu'elle est complète.

Le choricum comprend encore[1] les chants lyriques, qu'Aristote appelle *la parode* et *les stasimons :* la parode, qu'il définit et dont il fixe nettement la place; les stasimons, dont il donne la définition, mais sans en déterminer la position, facile à établir, d'ailleurs, d'après ses propres indications. Ces deux formes des chants lyriques, où s'unissent les voix de tout le chœur des choreutes, sont nécessaires dans toutes les tragédies, aussi nécessaires que le prologue, les épisodes et l'exode. Elles ne manquent dans aucune des pièces qui nous sont parvenues entières; séparables et plus facilement encore que les *ἀπὸ σκηνῆς*, elles constituent de véritables parties de l'étendue et de la forme extérieure de la tragédie, dont les parties de qualité constituent la perfection, la beauté et, comme dit Aristote, l'essence.

C'est de ces deux formes de la poésie des chœurs tragiques que nous allons nous occuper maintenant pour en déterminer la nature, la place, le caractère, et montrer les rapports et les différences qu'elles peuvent avoir entre elles.

Qu'est-ce donc que la parode, qu'est-ce donc qu'un stasimon?

Aristote définit la parode le premier dire, *ἡ πρώτη λέξις*, du chœur tout entier, et le stasimon un chant lyrique du chœur, *μέλος*, d'où sont exclus l'anapeste et le trochée. Il faut remarquer, dans cette brève et trop concise définition, que le mot *μέλος* semble opposé avec intention au mot *λέξις*, et que, l'interdiction des anapestes et des trochées étant mentionnée exclusivement pour le stasimon, on pourrait en conclure que ces rhythmes n'étaient point interdits dans la parode. Sans entrer encore dans la discussion de ce point, plus douteux qu'il ne paraît, je me borne à attirer l'at-

[1] On pourrait même croire que c'est à ces deux formes qu'il devrait s'appliquer exclusivement, puisque le choricum est compté comme partie d'étendue, et que la parode et les stasimons sont seuls des parties de cette nature. Cette conclusion serait fortifiée par cette définition, « Le choricum est le mélos chanté par le « chœur, lorsqu'il a une étendue suffisante; » définition tirée d'un manuscrit de la bibliothèque Coislin, dont l'auteur paraît avoir eu entre les mains un texte de *la Poétique* plus complet que celui que nous possédons.

tention sur les mots dont la signification précise pourra être utile pour fixer avec netteté la définition des choses.

Après cela, il faudrait chercher à quels caractères on peut distinguer les parties choriques où tout le chœur chante, de celles où il répond, par l'intermédiaire d'un coryphée, aux chants des acteurs, c'est-à-dire à quels caractères on peut distinguer la parode et le stasimon d'un commus. Cela serait suffisant, si tous les écrivains s'accordaient sur les définitions de la parode et du stasimon avec Aristote; mais nous n'avons pas ce bonheur, et cet accord est loin d'être réalisé.

En effet, un manuscrit de *la Poétique*[1] contient sur le chapitre XII cette scholie : « Des chœurs, les uns sont parodiques : ce sont ceux « où le chœur explique les motifs de sa présence, comme le chœur,

Τὸ Τύριον οἶδμα λιποῦσα[2]. »

Mais, dans ce chant, où nous croyons voir la parode du drame, le scholiaste d'Euripide voit un stasimon; et il ne faut pas croire qu'il entende par là que la parode est le premier des stasimons; il les distingue expressément au contraire. Voici, en effet, ses propres expressions : « Ce mélos est appelé *stasimon;* en effet, lorsque le « chœur, *après la parode, dit quelque chant, λέγῃ τι μέλος,* qui a rap« port au sujet, en se tenant immobile, cela s'appelle *stasimon*[3]. » Quant à la parode, « c'est le mélos que chante le chœur en marche, « pendant qu'il sort (des couloirs souterrains qui débouchaient au « fond de l'orchestre), comme, par exemple, le chœur d'*Oreste :*

Σίγα, σίγα, λεπτὸν ἴχνος ἀρβύλης[4]. »

[1] Cité par Tyrwhitt, *Poet. Arist.* p. 33, seg. 24, « Ad calcem hujus capitis in C. «(ms. Paris, 2040) legitur in margine, atramento rubro scriptum, hoc scho« lion, etc. » Cette scholie se retrouve mot pour mot dans l'argument des *Perses.*

[2] Eurip. *Phénic.* v. 202. O. Müller adopte ce sentiment : « La parode particu« lièrement explique l'entrée du chœur et la sympathie dans l'action dramatique, « tandis que les *stasima* développent cette sympathie dans les formes variées que « le progrès de l'action l'amène à ressentir. »

[3] Cette définition se trouve répétée par Favorinus.

[4] C'est l'exemple que donne encore d'un chœur parodique le scholiaste d'Héphestion, qui définit aussi la parode, le chant d'entrée du chœur : *Πάροδος ἡ ἐστιν ᾠδὴ χοροῦ γινομένη ἅμα τῇ εἰσόδῳ.* Un autre scholiaste le répète en disant au mot *παρόδοις* du texte : *Οὕτως καλεῖται ἡ πρώτη τῶν χορῶν ἐπὶ τὴν σκηνὴν εἴσοδος.*

Cette scholie nous apprend donc que le chœur d'*Oreste*, qui commence à ce vers (140), est la parode du drame, et que le chœur du vers 202 des *Phéniciennes* est un stasimon et non, comme le dit la scholie d'Aristote, la parode. Or, comme d'après le scholiaste d'Euripide lui-même le stasimon est placé après la parode, que la parode est le chant du chœur pendant son entrée dans l'orchestre, il en résulte qu'il n'y a plus de parode dans *les Phéniciennes*. La scholie se contredit donc elle-même et est de plus contredite par la scholie d'Aristote et l'argument de la tragédie des *Perses*; ils ajoutent tous deux une définition du stasimon : des chœurs, disent-ils, les uns sont parodiques, les autres sont stasimons, lorsque le chœur se tient debout et commence la thrénodie du drame; les autres sont commatiques, qui comprennent le reste des thrènes[1]; ou, si l'on veut une autre version, le commus s'applique à tout le reste du drame qui se passe en lamentations.

Quoi qu'il en soit, voilà deux autorités qui nous affirment que le chœur des *Phéniciennes* du vers 202 en est la parode; mais l'étymologie qu'elles supposent est bien étrange et n'est guère justifiée par le sens naturel du mot, qui est « passage, entrée. » Faut-il donc croire que la parode est le chant du chœur en marche vers le thymélé? Les faits s'y opposent. Plutarque[2] nomme parode le fameux chœur d'*Œdipe à Colone* qui commence au vers 668 :

Εὐίππου, ξένε, τᾶσδε χώρας.

Or, au moment où ce chœur est chanté, il y a déjà eu deux commus, l'un au vers 118 et l'autre au vers 510. Il est donc évident que le chœur avait déjà fait son entrée bien avant la parode, et que Plutarque au moins n'entendait pas ce mot dans son sens rigoureux et sa signification étymologique. D'ailleurs, à quel moment le chœur faisait-il donc son entrée dans l'orchestre, pour monter de là à son poste habituel, à son théâtre particulier, le thymélé?

[1] L'argument des *Perses* diffère de la scholie d'Aristote, en ce qu'au lieu de ἄρχεται τῆς θρηνῳδίας, on y lit τῆς συμφορᾶς, et qu'au lieu de, ὅτε λοιπὸν ἐν θρήνῳ γίγνονται, on lit γίγνεται.

[2] *An seni sit ger. resp.* c. III, p. 785, A.

La plupart des écrivains qui se sont occupés de ce sujet ont pensé que les chœurs n'entraient, je ne dis pas en scène, mais en vue des spectateurs, qu'au moment où leur présence était réclamée par l'action dramatique. Dans ce système, ce n'était pas l'entrée du chœur qui annonçait et commençait la représentation. Aussitôt que le théâtre avait été purifié par les offrandes, et le plaisir sanctifié par le sacrifice et les prières, « l'archonte, dit Ulpien [1], faisait « proclamer par la voix du héraut que les spectateurs eussent à ob- « server le bon ordre et le silence, *εὐκοσμίαν ἔχειν*; » puis la représentation commençait.

Mais on peut faire à ce système plusieurs objections, et d'abord les chants du chœur tout entier, *ὅλου χοροῦ*, ne sont pas toujours appelés ou justifiés par l'action [2]; quelquefois ils y sont presque étrangers; on ne saurait donc voir là la définition de la parode. En outre, il n'est pas du tout prouvé, et bien au contraire, que les chœurs ne parussent aux yeux du public, et ne fissent, par conséquent, leur entrée, leur parode, qu'au moment où leur présence devenait plus ou moins nécessaire, où ils devaient, soit se mêler à l'action, soit en recevoir et en exprimer les impressions. Il ne faut jamais oublier et l'origine de la tragédie, et l'importance qu'y joua toujours le chœur. L'action dramatique a été greffée sur le dithyrambe; il est le tronc vigoureux et robuste, dont les épisodes ne sont que les rameaux. L'action est toujours épisodique dans la tragédie grecque; le chœur y est l'élément primitif et prédominant. Ne serait-ce pas méconnaître ce fait, que de croire que le chœur obéissait aux mouvements de l'action dramatique et ne se montrait, pour ainsi dire, qu'à son ordre? La fonction principale du chœur est d'être un témoin souvent invisible aux acteurs du drame, mais qui doit toujours pouvoir les entendre et les voir [3].

[1] *Dem. in Mid.* p. 687.

[2] Ainsi dans la parode des *Phéniciennes* le chœur n'est nullement introduit par les nécessités de l'action.

[3] Je dis *pouvoir* parce que le poëte peut avoir intérêt à laisser ignorer au chœur un détail de l'action; ainsi, par exemple, le chœur, dans *Agamemnon*, n'a pas entendu le monologue du soldat en sentinelle sur la tour du palais des Atrides, et n'apprend la prise de Troie que par Clytemnestre. Le chœur, représentant des sentiments des foules, organe de la voix publique, de l'opinion, assiste à beau

Comment pourrait-il, même idéalement, remplir ce rôle, s'il n'était pas présent à tous les moments de l'action, sans aucune exception, depuis le premier jusqu'au dernier? En fait, nous le voyons toujours le dernier en scène : presque toutes les tragédies grecques finissent par un chant du chœur; et, quoiqu'elles ne commencent pas toutes ainsi, il n'est pas possible que l'action commence sans que le chœur soit là pour la voir commencer. Je ne crois donc pas que le chœur quittât jamais la scène qui lui était propre, malgré le texte d'Héphestion, qui, exposant l'usage de la coronis dans la transcription des ouvrages dramatiques, nous apprend que ce signe servait à marquer la sortie des acteurs, tandis que le chœur reste, ou *vice versa,* c'est-à-dire la sortie du chœur, tandis que les personnages restent en scène. Le double théâtre, où se tenaient tour à tour les choreutes, explique ces expressions, sans qu'il soit nécessaire de les entendre d'une disparition totale du chœur, qui serait en opposition avec tout ce que nous savons de son origine et de son rôle. Il ne devait quitter le thymélé que pour monter sur le proscenium, et ne pouvait quitter le proscenium que pour redescendre sur le thymélé. Sans doute plusieurs de ces évolutions ne sont pas bien nettement expliquées et ne seront peut-être jamais bien connues; le chœur de *Prométhée,* par exemple, qui descend, sur le proscenium, des machines qui le portaient en l'air, pour entamer avec le héros un commus, avait-il quitté tout entier le thymélé? Ce commus, où le chœur parle nécessairement par l'organe d'un coryphée, exige-t-il la présence sur le proscenium de tout le chœur, ὅλου χοροῦ? J'en dis autant de la scène des *Sept devant Thèbes,* où le chœur, monté sur les décorations qui représentaient les remparts et les tours de la citadelle [1],

coup de choses sans les voir nécessairement; mais il est nécessaire qu'il puisse les voir et les savoir. Il faut remarquer, en outre, que toute action qui a lieu dans l'intérieur de la maison doit échapper par sa nature aux yeux et aux oreilles du public, et que le monologue de la sentinelle a précisément lieu dans l'intérieur du palais. Le chœur ne sait clairement que l'action publique.

[1] Vers 240 :

Ταρβοσύνῳ φόβῳ τάνδ' ἐς ἀκρόπολιν
Τίμιον ἕδος ἱκόμαν.

On voit ici les formes doriennes prendre place dans les commus.

chante un commus. Si l'on réfléchit que la parode et les stasimons sont les seules parties du drame où la présence et le chant de *tout le chœur* soient exigibles, on pourra en conclure que dans les scènes mêmes qui demandaient que les choreutes montassent dans des machines, et quittassent ainsi le thymélé, sans paraître encore sur la scène, ils ne le quittaient par tous, et le thymélé ne restait jamais entièrement vide[1]. De plus, le chœur est ce qui reste de religieux dans la tragédie : il pouvait, il devait même assister au sacrifice qui précédait la fête; et, dans ce plaisir, devenu presque profane, et où il n'y avait, pour ainsi dire, plus rien pour Bacchus, il rappelait, par la nature de ses danses et le caractère de ses chants, le dieu auquel ils avaient été primitivement consacrés. Le drame se joue sur le proscenium, qui remplace la table antique du sacrifice, et n'est qu'un épisode greffé sur le chœur, qui l'enferme et l'enveloppe, qui le couvre tout entier, sinon de son intervention active, du moins de sa présence.

Je crois donc que le chœur précédait tous les autres acteurs, non pas sur le proscenium, mais sur le thymélé, et que c'est son arrivée sur cette partie du théâtre qui commençait la représentation, c'est-à-dire la fête.

Les choreutes pouvaient arriver aux regards du public de deux manières : ou bien ils descendaient du proscenium au thymélé, après être entrés sur la scène par les coulisses de droite ou de

[1] Il y a deux chœurs dans *les Euménides* : celui des Furies et celui des *προπομποι*, ou du cortége de femmes, d'enfants, de vieillards, qui les accompagnent quand elles quittent la scène. On retrouve ce double chœur dans *Hippolyte*, dans *Lysistrata*, *la Paix*, *les Guêpes* et *les Grenouilles*. Le chœur accessoire s'appelait *παραχορήγημα*, mot par lequel M. Rossignol croit qu'on désignait tout ce que fournissait un chorége au delà de ses obligations : un chœur surérogatoire, suivant en cela le sentiment de M. Car. Fr. Hermann (*Disp. de distrib. person. in trag. gr.* edit. Marburgi, 1840), qui l'entend, il est vrai, d'un quatrième personnage : « Quasi personam surerogatoriam quam choregus, præter solitas tres, singulari libe- « ralitate instruebat atque ornabat. » L'entrée du second chœur, après le départ du premier, s'appelait *épiparode* ou *métaparode*. (Hephæst. p. 131; Tzetzès, *De trag. poes.* v. 43-45.) Ne pourrait-on pas croire que le mot *παραχορήγημα* signifie simplement un chœur accessoire, une espèce et comme un semblant de chœur? Ce sens me paraît mieux répondre à la signification ordinaire et de la préposition *παρά* et du suffixe en *ημα*.

gauche, suivant qu'ils devaient venir de la ville ou de la campagne, ou bien ils arrivaient, par des corridors placés sous la scène et appelés *παρασκήνια*, au fond de l'orchestre, d'où ils remontaient par des gradins au thymélé, leur poste habituel. Or que le groupe des choreutes ne parût jamais sur le proscenium, soit au commencement, soit dans le cours, soit à la fin de la pièce, sans y être appelé par les mouvements de l'action dramatique et le rôle qu'il y devait jouer, cela est certain; dans ce cas, il faut le considérer comme un des acteurs, *ἕνα δεῖ ὑπολαβεῖν τῶν ὑποκριτῶν*; mais, qu'il ne parût pas sur son propre théâtre au début de l'action, et même antérieurement, c'est ce qu'il me paraît impossible d'admettre. Les pièces où le chœur joue un rôle actif, et où ses chants sont amenés et préparés par l'action, sont rares et le deviennent davantage à mesure que la tragédie se développe et que sa constitution organique se perfectionne : ses chants deviennent alors des intermèdes qu'on pourrait supprimer la plupart du temps sans nuire essentiellement à la liaison des scènes. Ce caractère de généralité est d'autant plus accusé que la tragédie s'éloigne de son origine. Euripide l'exagère, et les pièces d'*Alceste*, d'*Andromaque*, de *Médée*, d'*Hélène* et des *Bacchantes* sont toutes terminées par la même moralité, exprimée identiquement dans les mêmes termes, et qui forme l'ecthèse du système épodique de toutes ces tragédies. Le chœur est un témoin qui ne fait rien, ou à peu près rien : c'est Aristote qui nous le dit, *ἄπρακτος*. Il ne faut pas se laisser tromper par des indications spécieuses. Dans *Prométhée*, à la fin de l'*ἀπὸ σκηνῆς* du héros, qui vient d'être enchaîné sur son rocher par Vulcain, assisté de la Force, Prométhée, resté seul, entend retentir dans l'air un doux bruit d'ailes; il sent se répandre autour de lui de vagues parfums : « J'entends près de moi comme un vol d'oiseaux; l'air siffle doucement sous les battements légers de leurs ailes. » Ce n'est qu'à ce moment que le chœur des Océanides descend d'un char suspendu en l'air, et se montre sur le proscenium. J'avoue, et je ne puis me refuser à avouer, qu'il n'est pas naturel d'admettre que le chœur ait d'abord paru sur le thymélé, puis l'ait quitté pour faire son apparition en machine sur le proscenium. Mais il n'est nullement interdit de supposer que les quinze choreutes ne prenaient pas place dans la machine, qu'il n'y en avait peut-être qu'un ou deux, les coryphées, et que les autres étaient restés à leur poste. Dans toutes les autres pièces on peut très-bien expliquer la présence du chœur depuis le commencement, et la concilier avec les paroles prêtées aux personnages, bien qu'elles semblent parfois indiquer qu'ils voient arriver le chœur seulement au moment où ils parlent. Ainsi, dans *Oreste,* au commus du vers 140, Électre dit au chœur : Σίγα, σίγα, « Taisez-vous, point de « bruit. » Il semble donc que le chœur ne paraisse qu'au moment où Électre l'aperçoit et dit :

Αἵδ' αὖ πάρεισι τοῖς ἐμοῖς θρηνήμασι φίλαι ξυνῳδοί.

« Mais je vois arriver ces chères compagnes de mes douleurs et « de mes larmes. »

Dans *Œdipe à Colone,* Antigone, après un assez long dialogue avec Œdipe et l'étranger, dit brusquement à son père de garder le silence, car elle voit s'avancer des vieillards qui semblent chercher dans quel lieu il a pu trouver asile :

Σίγα· πορεύονται γὰρ οἵδε δή τινες
Χρόνῳ παλαιοὶ, σῆς ἕδρας ἐπίσκοποι.

Mais tout cela s'explique très-naturellement : le chœur, soit groupé au milieu de la plate-forme du thymélé, soit répandu sur les degrés de droite et de gauche qui le reliaient au proscenium, était, quand il le voulait, invisible aux acteurs. Le coryphée[1] seul se tenait au plus haut de ces degrés pour découvrir la scène entière, se montrer, prendre la parole, monter sur le proscenium pour dialoguer avec les acteurs, quand il le fallait.

[1] Quand les choreutes se divisaient en demi-chœurs, il y avait pour chaque demi-chœur un coryphée. L'un des deux prenait alors le nom de δεξιοστάτης, l'autre d'ἀριστεροστάτης. M. Magnin, dans sa savante *Histoire des origines du drame moderne,* croit qu'il y avait en outre un maître de ballet, distinct du coryphée, et spécialement chargé de conduire la danse. Je ne puis partager cette opinion. Le nom de Χοροστάτης, qu'il donne à ce coryphée de la danse, est défini par Plutarque par ὁ χορὸν ἱστάς, et s'applique aussi bien aux chants qu'aux danses du chœur. Ce mot que, d'ailleurs, on ne trouve pas dans Pollux, est assimilé par H. Estienne à ceux de coryphée, de chorodidascale, ou de chef du chœur, ὁ τοῦ χοροῦ ἐξάρχων.

Sans aucun doute, les évolutions et les danses du chœur ont eu des rapports intimes avec les diverses divisions de l'action tragique et la composition poétique des chœurs eux-mêmes; mais ces rapports ont dû s'affaiblir, changer, disparaître même, tandis que les termes qu'ils avaient créés ont pu subsister. Sans doute, et Pollux le certifie[1] : « L'entrée du chœur s'appelait *parode,* la sortie néces- « sitée par l'action, et qui devait être suivie d'une rentrée, s'appe- « lait *métastase;* la rentrée qui suivait ce déplacement, l'*épiparode*[2]; « le départ définitif, l'*aphode;* et le chant du chœur en se retirant, « *exode.* » Mais cela ne prouve pas que les parties du poëme qui portaient encore ces dénominations correspondissent toujours à ces mêmes évolutions : nous en avons la preuve par le mot *exodium* qu'Aristote[3] définit tout autrement que Pollux. Beaucoup de ces mouvements ont pu avoir lieu du thymélé au proscenium et réciproquement. Il paraît difficile d'admettre que le chœur ait quitté à la fois et la scène, et le poste où il était placé pour observer l'action qui s'y passait.

Le mot *parode* a une signification très-générale, qui s'étend même aux évolutions du chœur comique et à tous les chants qui formaient la parabase : Ἡ δὲ ὅλη πάροδος τοῦ χοροῦ ἐκαλεῖτο παράβασις, dit un scholiaste d'Aristophane[4]. La composition des deux mots les rend, étymologiquement du moins, synonymes, et j'entendrais volontiers de l'un comme de l'autre, pris dans leur sens le plus général, le chant où « les choreutes s'avançaient, se tenant en face « les uns des autres et le visage tourné vers les spectateurs[5]. » Bien

[1] *Onom.* IV, col. 223.

[2] Le scholiaste d'Héphestion définit tout autrement l'épiparode : c'est, suivant lui, lorsqu'un second chœur arrive après le départ du premier : Ὅταν ἕτερος χορὸς ἀφικνῆται τοῦ πρώτου παρελθόντος.

[3] *Poet.* c. XII.

[4] Aristoph. schol. arg. I des *Nuées.*

[5] Héphest. p. 71, éd. 1855, p. 135 : Ἀντιπρόσωπον ἀλλήλοις στάντες οἱ χορευταὶ παρέβαινον, καὶ εἰς τὸ θέατρον ἀποβλέποντες, ἔλεγόν τινα.

Le scholiaste d'Aristophane cite comme parodiques, sans les définir, le chœur des *Nuées*, v. 275 :

Ἀέναοι νεφέλαι, ἀρθῶμεν φανεραί,

que la tragédie n'admît pas, comme la comédie, cette communication directe du poëte avec le public, qu'on appelle proprement la parabase; cependant, quand les acteurs s'étaient retirés, *ἀπελθόντων τῶν ὑποκριτῶν*, lorsque la scène était vide et l'action suspendue, le chœur n'ayant plus rien à regarder du côté du théâtre, mais seulement à recueillir et à exprimer ses impressions, ne devait-il pas, comme le chœur comique, se tourner vers les spectateurs, vers le public ?

Je crois donc que la parode n'est pas le chant du chœur quand il entre, quoi qu'en disent les scholiastes [1], mais le chant où le chœur tout entier, suivant les termes d'Aristote, se détournant de l'action suspendue et de la scène restée vide, se tourne vers le public [2]. Il est possible, il est presque certain que, lors de ce premier chant du chœur tout entier, avaient lieu, liées à ces chants, une certaine marche, de certaines évolutions plus vives et plus fermes, qui comportaient peut-être les rhythmes des anapestes militaires et des trochées dansants, et qui distinguaient ces chœurs des stasimons

et celui des *Guêpes*, v. 230 :

Χώρει πρόβαιν' ἐῤῥωμένως.

Arg. I des *Nuées* : Πρὸς τὸν δῆμον ἀπεστρέφετο.

[1] Sch. Héph. l. I, p. 4. Tous les scholiastes sont d'accord sur ce point. (Voir sch. Eurip. *Phœniss.* v. 202 ; sch. Aristoph. *Acharn.* v. 204 ; Plutarq. *Lys.* c. XV ; *An seni sit gen. resp.* c. III ; sch. Soph. *El.* v. 121.) M. Schmidt, dans une dissertation fort savante, *De Notione parodi*, a soutenu que la parode était, soit le premier chant du chœur quand il entrait en scène, soit un morceau en rhythme anapestique d'un ou de plusieurs acteurs accompagnant l'entrée du chœur. Ainsi la parode, non-seulement ne serait plus un chant du chœur réuni *ὅλου*, comme le veut Aristote, mais ne serait plus même du tout un chant du chœur, mais un *ἀπὸ σκηνῆς* des acteurs. Je crois que ces erreurs viennent toutes de ce qu'on ne distingue jamais assez nettement les deux personnages que joue le chœur, et les deux théâtres où il joue son double rôle. La tragédie est essentiellement l'union de la poésie lyrique et de la poésie dramatique : le chœur réunit ce double caractère : tantôt c'est un acteur du drame, *ἕνα τῶν ὑποκριτῶν* ; tantôt c'est un chœur chantant et dansant.

[2] « Quum in medium prodibat, » dit H. Estienne, qui, cependant, je dois l'avouer, l'entend de la première entrée du chœur sur le théâtre. « quum fabulam acturi in theatrum ingrediuntur, et se *ostentant populo*.

plus posés, plus tranquilles, chantés, sinon sans danse, du moins dansés sur place, *σlάντες*. Une preuve, selon moi, certaine que la parode n'est pas le chant d'entrée du chœur, c'est la définition qu'Aristote et tous les scholiastes ou auteurs de didascalies donnent du prologue : le prologue, disent-ils tous, presque dans des termes identiques, est la partie entière de la tragédie qui précède la parode du chœur[1]. Or, si la parode était le chant d'entrée du chœur, dans les pièces qui commencent par un chant du chœur il n'y aurait plus de prologue, et c'est ce qui arrive dans *les Perses* et *les Suppliantes* d'Eschyle, et dans le *Rhésus* d'Euripide. Pour le *Rhésus*, on a la ressource de dire que le prologue en est perdu; mais, pour les deux autres pièces, on n'a rien à dire, si ce n'est que la théorie d'Aristote ne s'applique pas aux pièces d'Eschyle : observation qui est vraie en partie, mais ne peut pas et ne doit pas être trop étendue, si l'on ne veut pas mettre Eschyle en dehors des règles de l'art, ou si l'on ne veut pas faire de *la Poétique* d'Aristote un traité spécial à la tragédie de Sophocle.

Mais il ne suffit pas d'avoir reconnu que la parode est véritablement le premier morceau lyrique chanté par le chœur tout entier, il faut encore savoir où elle commence, c'est-à-dire à quels signes nous pouvons distinguer si un morceau lyrique du chœur est chanté par le chœur tout entier ou par le coryphée. On sait d'ailleurs que les choreutes se divisaient parfois en demi-chœurs, et qu'un choreute chantait seul pour le chœur tout entier[2] ou pour les demi-chœurs. Pollux nous dit même que, lorsqu'un des choreutes était obligé de chanter comme l'eût fait un quatrième acteur, cela s'appelait *παρασκήνιον*[3]. Puisqu'il en est ainsi, il n'est pas étonnant

[1] Aristoph. *Argum.* Πρόλογος τὸ μέχρι τῆς εἰσόδου τοῦ χοροῦ μέρος. Tzetzès, *Versus de Tragica poesi* : Πρόλογος μὲν ἐσlὶ τὸ μεχρὶ χοροῦ τῆς εἰσόδου.

[2] C'est Pollux qui nous l'apprend.

[3] On trouve aussi *παραχορήγημα*. Pollux cite même l'*Agamemnon* d'Eschyle comme exemple; mais il le cite à tort; le quatrième acteur n'est remplacé par le chœur que dans *les Coéphores*, v. 900. On sait que le nombre des personnages en scène et parlants ne devait pas dépasser trois. Il en faut cependant quatre pour *Œdipe à Colone* ; mais cette pièce ne fut jouée qu'après la mort de Sophocle, et présentée au concours par Sophocle le jeune. C'est une signification du mot *παραχορήγημα* autre que celle que nous avons déjà vue : il s'applique ici à tout

que, dans certaines pièces, celles qui commencent par des morceaux lyriques du chœur, on ne sache pas bien si ces *chorica* sont chantés par les choreutes réunis ou par le coryphée. Si l'on adopte l'opinion d'Hermann, que ces *chorica* pouvaient être commencés par le coryphée et continués ensuite par tout le chœur, on ne voit pas clairement à quel moment le passage s'opère, et quels signes annoncent ce changement.

Ainsi, par exemple, dans *les Perses*, le chœur ouvre le drame par un chant qui se continue sans interruption jusqu'à l'arrivée d'Atossa en scène. Or, l'entrée d'Atossa constituant le premier épisode, il faut trouver dans tout ce qui précède la place du prologue, et, dit Hermann, de la parode. Si la parode comprend tout le chœur, il n'y a pas de prologue : si l'on dit que le prologue est constitué par la parode même, on méconnaît la classification d'Aristote, qui fait de la parode et du prologue deux parties d'étendue distinctes, séparables et séparées. D'ailleurs si, par suite de cette interprétation, on appelle les systèmes de semblables, qui constituent le début de ce choricum, un mélos du chœur tout entier, on sera obligé de comprendre aussi sous ce nom les systèmes d'anapestes qui terminent presque toutes les tragédies grecques ; et alors il n'y aura plus d'exode, puisque « l'exode est la partie entière de la tragédie après laquelle il n'y a plus de mélos du chœur. » On peut toutefois adopter l'opinion de Tyrwhitt, qui a proposé de restreindre aux stasimons l'exclusion du mètre trochaïque et du mètre anapestique, et de comprendre dans la parode les systèmes anapestiques qui se présentent dans les chants lyriques des *Perses*, d'*Ajax*, d'*Hécube* et d'*Iphigénie en Aulide*. Hermann a proposé, au contraire, d'assimiler, sauf quelques différences peu importantes de composition métrique, la parode au stasimon, c'est-à-dire que, considérant l'une et l'autre comme de véritables chants du chœur tout entier *μέλη*, et observant qu'Aristote déclare d'un côté que les chants *ἀπὸ σκηνῆς* n'ont pas d'antistrophes, et de l'autre que ceux du chœur tout entier ont des antistrophes, il émet l'opinion que

ce que les choreutes faisaient en dehors du rôle propre du chœur, par exemple, quand dans *Alceste* ou dans *Andromaque* un des choreutes, placé derrière la scène, chantait le rôle que jouait l'enfant.

dans ces tragédies, qui présentent quelque incertitude, on fasse commencer la parode où commencent les formes antistrophiques : ce qui précède sera considéré comme un *ἀπὸ σκηνῆς* du chœur, et dans *les Perses*, par exemple, constituera le prologue. Il n'y a à ce système qu'une difficulté : c'est que le même Hermann fait commencer les formes antistrophiques où il fait commencer la parode : de sorte qu'il y a cercle. La parode commence avec les formes antistrophiques, et les formes antistrophiques commencent avec la parode. L'un de ces points n'est fixé que par rapport à l'autre, lequel n'est à son tour déterminé que par le caprice changeant des systèmes de métrique que l'Allemagne voit tour à tour éclore. En effet, Hermann a ramené à des formes antistrophiques le choricum des *Perses* à partir du vers 65 :

Πεπέρακεν μὲν ὁ περσέπτολις ἤδη [1],

et, par conséquent, il a fait commencer là la parode. Mais le scholiaste n'admet pas du tout ce système ni cette distribution métrique ; il ne reconnaît là qu'une période monostrophique, c'est-à-dire qui n'est pas susceptible d'être divisée en strophes et en antistrophes. Le changement du sujet amène cependant des changements de mètres qu'indique le scholiaste, et qui produisent des coupures et des repos dans cette longue période. La première de ces parties

[1] La parode n'est pas même nécessairement antistrophique dans une partie quelconque de sa composition. La parode d'*Œdipe roi* est contenue, sans aucune contestation, du vers 151 au vers 215, et elle est, suivant le scholiaste, tout entière monostrophique. Pour être conséquent à son système, Hermann n'a pas manqué d'y restituer la forme antistrophique.

Voici quelques parodes classées par genres :

Parodes antistrophiques : A. A. Eurip. *Héc.* v. 441 ; *Orest.* v. 306. (Il faut remarquer dans cette dernière que le vers 345 ne commence pas une épode : c'est un système prosphthegmatique composé d'anapestes.) Soph. *Œd. Col.* v. 668.

Parodes *κατὰ σχέσιν*.

Système épodiq. A. A. B. Sophocl. *Elect.* v. 467 ; *Trach.* v. 94 ; *Philoct.* v. 676.

Système mésodiq. A. B. A. *Antig.* v. 100.

Système mixte, composé d'une période monostrophique ou d'un système de semblables suivi de formes antistrophiques : *Ajax* et *les Phéniciennes.*

Enfin la parode d'*Œdipe roi* est monostrophique ou systématique de dissemblables par coupures inégales.

comprend soixante-cinq colons anapestiques, dimètres, acatalectiques et catalectiques, hephthémimérides et monomètres. La seconde contient quarante-sept colons anapestiques, dimètres également, mais contenant, outre les catalectiques et les acatalectiques, quelques brachycatalectiques et des monomètres; le dernier de ces colons est un trochaïque ithyphallique pour amener le mètre des colons qui suivent.

Cette troisième partie comprend vingt-six colons trochaïques qui ont toutes les variétés de mesure à partir du dimètre, qu'ils ne peuvent dépasser, et est terminée par un anapeste; enfin la quatrième partie renferme quinze colons anapestiques, et l'ecthèse de la période est formée par quatre trochaïques tétramètres catalectiques qui préparent les tétramètres de l'entrée d'Atossa. On voit qu'il faut, pour admettre le système d'Hermann sur la parode, admettre en même temps ses restitutions métriques. Mais il y a plus : il n'est point du tout évident pour moi que les parodes doivent être nécessairement antistrophiques. Le choricum, que tous les anciens appellent parodique, dans *les Phéniciennes,* a un double dessin métrique; il est en partie écrit par système et en forme monostrophique; en partie, il est *κατὰ σχέσιν*. Ce procédé de composition métrique mixte est usité lorsque les poëtes ont à faire faire au chœur un récit comme dans *Ajax*, v. 134, dans *les Sept chefs devant Thèbes,* v. 78, et *Agamemnon*, v. 40.

Comment croire, d'ailleurs, que le choricum parodique puisse se couper comme le veut Hermann? L'*ἀπὸ σκηνῆς* doit être chanté sur la scène, le chœur véritable sur le thymélé. Comment admettre un déplacement qui doit prendre un temps assez long, qui suspend et coupe court la liaison des idées comme des rhythmes, quand on n'aperçoit nulle pause dans le discours, nul temps d'arrêt dans le mouvement des idées, nulle diversité dans le style, nul changement dans le dialecte?

Je ne crois pas que ce soit dans le dialecte qu'on pourra trouver le principe de distinction que tout le monde cherche. Les chorica de la scène comme ceux du thymélé ont les formes doriques mêlées aux formes attiques.

Il ne faut pas oublier quelle est la fonction primitive et propre du chœur : c'est en fouillant de ce côté que nous pourrons peut être résoudre le problème qui nous occupe. Tous les critiques ont remarqué, avec un étonnement peu justifié, selon moi, l'obscurité et le ton dithyrambique, les images hardies, violentes, les brusques mouvements des idées, l'étrange liberté des constructions, le développement sans mesure, pour ainsi dire, de la pensée et de la phrase [1], qui caractérisent les chœurs tragiques. C'est à ce caractère, qui n'est que trop visible, que je distinguerais la parode de l'*ἀπὸ σκηνῆς* du chœur, et si un chant du chœur ouvrait une pièce avec ces caractères je ne ferais nulle difficulté d'y reconnaître la parode, qui ferait ici fonction de prologue : le texte d'Aristote, qui semble s'y opposer, peut être interprété en ce sens que ce n'est pas la parode elle-même qui est une partie d'étendue de la tragédie, mais le choricum en général dont elle fait partie ; d'ailleurs, en se confondant avec le prologue, elle ne cesse pas d'être une partie d'étendue, puisqu'elle s'identifie avec une partie d'étendue ; de même que les commus et les monodies, qui font également partie du choricum, se confondent néanmoins avec les épisodes où ils sont introduits, et qu'ils pourraient constituer à eux seuls.

Il est encore un autre caractère distinctif de la parode comparé à tout autre morceau lyrique du chœur : c'est la généralité du sujet traité. Même lorsqu'il est amené par l'action, le chœur qui chante sur le thymélé ne doit pas agir. Témoin de l'action, il en fait partie, en ce sens qu'il y assiste, en reçoit les contre-coups ; mais il n'y participe pas activement. Le bon sens tout seul indique, d'ailleurs, que lorsque des hommes en assez grand nombre expriment tous ensemble, tous par le chant, et, qui plus est, dans les mêmes termes et par le même chant, leurs sentiments et leurs pensées, ce ne peut être que des idées et des sentiments généraux, et tels qu'ils peuvent venir à l'esprit de tout le monde. S'ils se rattachent à la fable tragique, c'est seulement parce que c'est elle qui les inspire. Les acteurs du proscenium représentent des héros, et les chefs des peuples, *ἡγέμονες* [2], seuls sont des héros. Les peuples ne

[1] Arist. *Rhét.* *Εἰρομένη λέξις*. *Probl.* sect. XIX, 15 : Ἡ ᾠδὴ μακρὰ καὶ πολυειδής.

[2] L'opposition que signale Aristote est celle qu'on retrouve dans Homère, celle des *λαοί* et des *ἄνακτες*.

sont que des hommes, auxquels conviennent les mélodies efféminées, les harmonies molles, le style plaintif, la pensée et les sentiments très-généraux : ce sont les sentiments de l'humanité vulgaire opposée à l'humanité héroïque. Les peuples sont faibles, plus accessibles à la pitié, à la compassion que les natures énergiques, fortes et fières [1]; tandis que les héros agissent, la foule molle, plaintive et lâche, la multitude sans énergie comme sans fierté, dans une sympathie inutile et sans risque, laisse passer l'action devant elle sans oser s'y mêler. Le chœur regarde, s'attendrit, se lamente, pleure et prie [2].

J'avouerai bien que dans la parode d'*Ajax*, après les systèmes de semblables, le style prend un ton un peu plus lyrique, et qu'on y remarque quelques formes doriques qui ne se présentent point dans les systèmes d'anapestes laconiens qui précèdent. Mais à ce changement, si léger d'ailleurs[3], correspond un changement dans la forme métrique, qui l'explique suffisamment. A la composition systématique succède la composition *κατὰ σχέσιν*, le dessin épodique. Mais tout cela ne permet pas de couper violemment en deux un chœur dont l'unité est marquée si fortement par le lien des idées, la continuité du mouvement et de la couleur du style, et par la généralité égale des idées et des sentiments. Le chœur, composé des rudes matelots de Salamine qui montent les vaisseaux d'Ajax, exprime pour le roi cette bienveillance tendre, émue, mais inactive d'un bon parent, qu'Aristote nous apprend

[1] Cf. Arist. *Probl.* sect. XIX, 48 : *Ἀσθενεῖς μᾶλλον παθητικοὶ τῶν δυνάτων.*

[2] C'est pour cela que, suivant Aristote, dans ce même problème que je ne fais guère que traduire, les chœurs *ὅλου χοροῦ* ne pouvaient pas être et n'étaient pas chantés sur les harmonies hypodorienne et hypophrygienne. Ces harmonies étaient, en effet, très-peu mélodiques; il y avait en elles peu de mélodie, la douceur et la grâce des sons et des airs y étaient peu de chose : le rhythme y était tout. Or Aristide Quintilien nous apprend que le son était, dans la musique grecque, l'élément femelle, efféminé; le rhythme, l'élément mâle et viril. Les harmonies hypophrygienne et hypodorienne ne convenaient donc point aux chœurs, parce que c'étaient des harmonies viriles et héroïques, et, comme dit Aristote, les harmonies du mouvement et de l'action, *κατὰ δὲ τὴν ὑποδωριστὶ καὶ ὑποφρυγιστὶ πράττομεν.*

[3] Je n'en aperçois aucun dans *les Perses* ni dans *les Phéniciennes*.

être le caractère propre du chœur. La première partie de ce morceau, comme la seconde, est l'expression de ce sentiment général, produit, non pas par la vue du spectacle que Minerve vient de donner à Ulysse de la folie d'Ajax, mais seulement par les bruits qui en ont déjà couru dans l'armée. Les maximes générales y abondent, aussi bien que les grandes figures de la poésie. Ces rudes matelots de l'orageuse Salamine vont, dans leur tendresse inquiète et troublée, jusqu'à se comparer à la timide colombe :

Πτηνῆς ὡς ὄμμα πελείας.

Le ton sentencieux est partout évident, et surtout dans la dernière moitié du système anapestique, qui est le développement du lieu commun : l'envie s'attache surtout à la grandeur. Le mouvement de style, la figure de pensée qui commence les anapestes, l'invocation à Ajax absent,

Τελαμώνιε παῖ, τῆς ἀμφιρύτου,

se reproduit, ou plutôt se répète, au commencement de la strophe :

Ἦ ῥά σε Ταυροπόλα Διὸς Ἄρτεμις.

Tout marque l'unité indivisible de ce chœur, le fond des idées comme la forme du style, et je ne vois aucune bonne raison pour croire qu'il soit coupé en deux parties tellement distinctes que l'une appartienne au prologue, et que l'autre soit la parode; que l'une soit un *ἀπὸ σκηνῆς* du chœur, partie intégrante de l'action tragique, chanté par un seul coryphée sur le proscenium, l'autre, un chœur véritable, commentaire de cette même action, chanté par tous les choreutes et sur le thymélé.

Mais si j'ai accordé qu'il y avait, pour l'*Ajax*, dans le ton du style une légère différence entre les deux parties métriques, je ne puis faire la même concession, ni pour le premier choricum des *Perses*, ni pour la parode d'*Hécube*, ni pour celle des *Phéniciennes*, ni pour celle d'*Iphigénie en Tauride*.

Par exemple, dans *les Phéniciennes*, où la parode commence par une forme monostrophique partiellement irrégulière [1] ou systéma-

[1] Au lieu de *μερικὰ ἄτακτα*, peut-être faut-il lire *μετρικὰ ἄτακτα*, qui s'oppose

tique de dissemblables par couplets inégaux, et continue par une composition *κατὰ σχέσιν*, les formes doriques se montrent dès les premiers vers *ἔβαν*, *Φοινίσσας*, *νάσου*, *δούλα*. Le mouvement du style et des idées se prolonge indéfiniment et égare la construction et la phrase dans des détours et des circuits pour ainsi dire sans issue. Le souffle dithyrambique est fortement marqué par l'éclat un peu heurté des métaphores, et la hardiesse excessive du style et des images. Dans la première partie surtout, dans cette première phrase dont Hermann a fait une strophe, et qui déborde de deux vers sur son antistrophe, il règne une très-grande obscurité, surtout pour les esprits qui veulent lier par une syntaxe logique et une construction grammaticale les divers détails de la pensée, ici plutôt juxtaposés que composés.

Les parties *ἀπὸ σκηνῆς* de la tragédie, quoique lyriques, n'ont jamais la difficulté de sens que présentent si souvent et presque constamment les chœurs. L'étonnement, à cet égard, m'a toujours paru peu légitime. M. Boissonnade ne voit guère dans les chœurs qu'un texte destiné à servir de base, de canevas à la musique du chant par la musique des mots, mais où se perdent également le fil de la phrase et le lien des idées. Hegel croit que le chant pouvait servir à rendre plus intelligibles les paroles par une accentuation plus expressive. « Autrement, dit-il, quant à moi du moins, « je ne sais comment il était possible aux Grecs de comprendre les

aux *κατὰ σχέσιν*, comme nous l'apprend le scholiaste métrique d'*Œdipe roi*, v. 151-215. « Monostrophiques, dit Héphestion, sont les formes qui se mesurent par une seule strophe. » On appelle *μετρικὰ ἄτακτα* les compositions écrites, il est vrai, en vers, *μέτρῳ*, et en vers réguliers, mais qui n'ont point de symétrie dans leur composition, où l'on ne trouve rien de périodique, rien qui se ressemble, se corresponde, où l'on ne retrouve pas un tout complet, un système fermé et clos : *ἀνακύκλησιν*. Tzetzès (p. 64) en donne la même définition et cite comme lui pour exemple *le Margitès*, qu'on attribue à Homère; Héphestion y ajoute une épigramme de Simonide. Il y a cependant des systèmes monostrophiques qui peuvent être dits *κατὰ σχέσιν* : c'est lorsque la même strophe est répétée, puisque les *κατὰ σχέσιν* sont les compositions où il y a des parties semblables qui se répondent, et qui ont un tout fermé et achevé, *οἷς ἀνταποδίδοται καὶ ἀνακυκλεῖται ἕτερα παρόμοια*. On voit alors paraître une périodicité, un retour du même dessin rhythmique, dans le retour des strophes. Mais lorsqu'il n'y a qu'une seule strophe, où rien n'apparaît de symétrique, elle peut être dite *μετρικὰ ἄτακτα*.

« chœurs d'Eschyle et de Sophocle. » On a peut-être exagéré ce que pouvait être cette difficulté pour les anciens, en la jugeant sur celle que nous éprouvons nous-mêmes ; nous voulons, dans toute phrase, trouver ce lien serré de logique, qui fait l'unité de la pensée, ces rapports harmonieux, cette claire ordonnance qui groupe les développements autour de l'idée principale, et les attire à elle, comme à un centre, à un foyer d'attraction. Nos langues et notre esprit sont pénétrés de ce principe d'ordre nécessaire à toutes les langues, mais à des degrés différents chez les différents peuples et dans les différents genres littéraires. Il y a, même dans les chœurs, une certaine clarté extérieure, une lumière de détail. Les mots voisins les uns des autres, bien que n'étant pas en rapport grammatical, expriment des idées qui se lient entre elles, si l'on ne se règle pas uniquement sur les formes grammaticales pour les construire : ils ont des reflets qui s'éclairent. L'obscurité est dans l'ensemble, et la difficulté consiste à établir une unité dans cette succession de parties, et à rapprocher, pour ainsi dire, les fragments de ce miroir brisé. Cette difficulté existait sans doute aussi pour les anciens, mais à un degré beaucoup moindre ; ils n'éprouvaient pas autant que nous l'impérieux besoin d'une clarté intérieure et intellectuelle. Leurs langues étaient surtout poétiques, et les poëtes sentent plus vivement, plus fortement qu'ils ne gouvernent logiquement leurs pensées. Je crois même que cette obscurité relative, que ce vague demi-jour où les formes du langage des chœurs jetaient leur esprit, étaient loin de déplaire aux anciens, et pouvaient être de la part des poëtes l'effet d'une intention et d'un dessein prémédités, ou de l'instinct délicat d'un art suprême et d'une convenance toute poétique. Ce caractère, en effet, n'est pas sans rapports avec la fonction et la nature du chœur tragique, sans analogie avec ce rhythme brisé[1] qui distingue certaines parties lyriques, et se retrouve même dans les morceaux antistrophiques. Dans les strophes, en effet, chacun des vers qui les composent est laissé au choix du poëte, et est libre de toute similarité avec ceux qui le précèdent ou le suivent, tant pour la mesure que pour le rhythme. La correspondance, la symétrie, apparaissent seulement dans l'anti-

[1] Ἀπολελυμένα.

strophe, et l'irrégularité revient dans l'épode, qui n'a pas de similaire et qui ne contient en elle-même aucun élément de symétrie. Le chœur de la tragédie grecque, quelque modifié qu'il ait été par l'art, reste encore profondément empreint de son premier caractère. C'est un dithyrambe, et sa constitution poétique et métrique, ses évolutions symboliques, rappellent l'origine toute religieuse, toute sacerdotale de ce plaisir du théâtre, qui n'est jamais devenu, chez les Grecs, tout à fait profane. La poésie du théâtre n'était d'abord qu'une prière et un accompagnement du sacrifice fait à Bacchus. Bacchus est un dieu étranger à la Grèce : quels qu'aient été ses attributs, son culte est plein d'un enthousiasme orgiastique ; ses mystères ont été sanguinaires, et peut-être antropophagiques [1]; il portait le nom trop justifié de mangeur de chair crue. Ses prêtres et prêtresses le célèbrent avec des libations qui égarent leur raison, par des transports d'enthousiasme qui tiennent du délire : de là le désordre qui accompagne l'inspiration, et qui, plus tard, la simule ; de là cette obscurité qui enveloppe comme un voile mystique les pensées qui échappent à l'esprit, enflammé par le vin, des adorateurs, au milieu de leurs orgies nocturnes et de leurs bacchanales souvent sanglantes. C'est ainsi que les corybantes ne peuvent danser et chanter que dans l'ivresse, et ne trouvent des hymnes dignes de la divinité que lorsqu'ils ont perdu la raison. « L'inspiration est un « délire, dit Platon, mais un délire divin, sacré. » Ajoutez à ces causes l'obscurité volontaire que les castes sacerdotales aiment à jeter autour des cérémonies religieuses, parce qu'elles connaissent et exploitent le prestige de l'inconnu et l'attrait du mystère. De même que les bois sacrés entourent le temple de l'épaisseur d'une ombre religieuse, de même que le dieu est caché dans les ténèbres de la *cella*, loin des profanes regards, de même la parole liturgique se couvre d'un voile mystique, et la prière s'enveloppe d'une obscurité auguste. Partout la foi s'entoure de saintes ténèbres que les esprits vulgaires ne peuvent et ne doivent pas percer. Nous ne pouvons pas lever ces voiles qui nous cachent et en même temps nous ré

[1] J'entendrais ainsi le vers d'Horace :

Cædibus et victu fœdo deterruit Orpheus

C'est la figure *ἓν διὰ δυοῖν*, victu fœdo ex cædibus

vèlent le grand mystère de l'infini que toute religion enferme; notre esprit peut s'y élancer d'un désir inquiet et obscur, mais ne peut le pénétrer d'un ferme et clair regard. Le vague des idées, l'éclat heurté des images, le désordre et la hardiesse des constructions, qui violentent la syntaxe; le développement excessif de la phrase, qui se prolonge sans mesure, que ne contient aucun lien serré, que ne clôt aucune limite; enfin ce défaut de clarté, qui choque tant, dans les chœurs tragiques, nos manières de voir et nos théories littéraires, ne nuisaient pas, tant s'en faut, j'imagine, à l'impression qu'ils devaient produire. L'obscur est quelque chose comme le merveilleux, qui est un élément de la beauté tragique et presqu'une condition du drame chez les Grecs, dont les sujets étaient plus ou moins mythologiques. Par là les esprits étaient ramenés à l'impression, complexe dans son unité, que la tragédie devait produire, à la véritable idée que les Grecs s'étaient faite de l'art tout entier. L'art chez eux, et chez eux seuls, a été la fusion intime, la pénétration réciproque de la forme et de l'idée, de la religion et du plaisir, du jeu et de la prière.

On comprend que cette obscurité ne peut appartenir qu'à l'élément resté religieux du drame, au chœur, et encore au chœur conservant son rôle primitif et ne jouant pas le rôle d'un acteur. C'est un caractère certain, pour ainsi dire, auquel nous pourrons distinguer de l'*ἀπὸ σκηνῆς* le chœur véritable, et ce caractère éclate dans la partie monostrophique de la parode des *Phéniciennes*, que nous ne pouvons pas, par conséquent, rattacher au prologue, comme un morceau lyrique qui le compléterait en le terminant. Entre cette partie monostrophique et la seconde, *κατὰ σχέσιν*, il m'est impossible de saisir en quoi que ce soit la moindre nuance, et surtout une coupure assez large pour y introduire une vraie division de la tragédie, un véritable entr'acte. La tragédie grecque n'est pas en effet divisée par les entrées ou les sorties des personnages, mais par l'intervention périodique des chants du chœur tout entier.

Je ne nie pas, je crois même volontiers qu'au changement métrique, qu'explique suffisamment l'invocation aux roches du Parnasse et à tous les lieux consacrés par la présence ou le culte de

Bacchus, il s'est joint, dans l'exécution scénique, un changement musical correspondant; que l'on ait chanté les strophes sur un autre mode, dans un autre ton, dans un autre genre, dans un autre système d'harmonie ou de mélopée; qu'on ait même changé et le rhythme et l'air : c'est une chose possible, et, quoique je n'en sache rien, je dirai, si l'on veut, très-vraisemblable. Mais pour quelle raison les systèmes de semblables d'*Ajax* et les formes monostrophiques des *Phéniciennes* n'auraient pas été chantés par tout le chœur, et ne feraient pas, par conséquent, partie de la parode : c'est ce que je ne comprends en aucune manière.

On opposera peut-être à ces conclusions,

1° Que si on les adoptait, *les Perses* n'auraient pas de prologue;

2° Que les parodes pourraient être composées, en partie du moins, en anapestes;

3° Qu'elles pourraient également ne pas être antistrophiques.

Je reprends ces objections en commençant par la dernière. Aristote dit en effet [1] : « Les chants de la scène n'ont pas d'antistrophes. » Est-ce une raison suffisante pour affirmer que les chants de la scène ne sauraient avoir d'antistrophes, et que le chœur ne saurait s'en passer? Ce serait, je crois, une interprétation bien rigoureuse et contre laquelle Hermann serait le premier à réclamer, du moins quant à la première partie de la proposition. Aristote a pu vouloir marquer simplement le caractère de ces formes lyriques : il a posé une règle très-générale, et cette règle peut souffrir des exceptions qui ne la détruisent pas [2]. Il faut d'ailleurs s'entendre, et en s'expliquant on peut s'accorder.

Le mot *antistrophique* est inusité chez les anciens métriciens, qui ne se servent que des termes *κατὰ σχέσιν*. Cette dénomination paraît prise, tantôt dans le sens du genre, et s'appliquer à toutes les formes métriques où l'on trouve une correspondance et un tout achevé, *ἀνακύκλωσιν καὶ ἀνταπόδοσιν* [3], tantôt dans le

[1] *Probl.* sect. XIX, n° 15.

[2] On ne trouve qu'exceptionnellement les parodes non antistrophiques dans toute leur étendue. Elles le sont presque toujours dans une certaine partie.

[3] Héphestion, *Περὶ ποιημ.* (ch. II et VII), en donne deux définitions assez di-

sens spécial, et s'appliquer aux formes versifiées, où la strophe est suivie immédiatement de l'antistrophe, sans être accompagnée d'une épode, ni être répétée elle-même deux fois : c'est ce qu'on nomme aujourd'hui *antistrophique.*

On voit par là qu'il peut y avoir des compositions métriques ayant des antistrophes, sans être en un sens antistrophiques. Qu'est-ce, en effet, qu'une triade ou un tercet épodique? C'est un groupe composé d'une strophe, d'une antistrophe, et terminé par une épode. Le groupe formé d'une strophe sans similaire placée avant la strophe et l'antistrophe s'appelle *proodique ;* le groupe d'une strophe et d'une antistrophe séparées par une stance sans similaire est *mésodique;* enfin, lorsque les deux stances qui se font pendant l'une à l'autre sont enfermées entre deux autres stances n'ayant point de correspondance entre elles ni avec les stances intermédiaires, ce groupe de quatre strophes s'appelle *périodique :* c'est comme un quatrain de strophes [1]. C'est toujours quelque chose de dissemblable, *ἀνόμοιόν τι*, qui est jeté, comme dit Héphestion, dans une composition où règne la symétrie.

Si donc on veut étendre le sens du mot antistrophique aux chœurs où il y a des antistrophes, et c'est la seule chose que dise Aristote, sans tenir compte de l'élément de dissemblance que jettent dans la composition les épodes, les proodes, les mésodes et les périodes, on ne peut s'y opposer, et cela même paraît plus logique que de considérer cette composition comme entièrement dépouillée de symétrie, comme le fait M. A. Matthiæ. Mais alors toutes les parodes, même celles des *Phéniciennes*, seront antistro-

verses. Dans la première, il appelle *κατὰ σχέσιν* tout ce qui est mesuré par système : « on les appelle ainsi parce que les systèmes employés dans le poëme ont « les uns avec les autres quelque rapport de figure quand on les mesure : *διὰ τὸ « ἔχειν τινὰ πρὸς ἄλληλα σχέσιν.* » Au ch. VII, il appelle *κατὰ σχέσιν* toutes les formes qui obéissent à une symétrie et sont enfermées comme dans un cercle. Tzetzès, p. 64, répète cette dernière définition.

[1] Héphestion mentionne un quatrain ou tétrade épodique qu'on trouve fréquemment, dit-il, avec la pentade ou quintain, dans Pindare et Simonide : ce quatrain, se composant de trois strophes similaires et d'une épode qui n'aurait pas de pendant, ne se trouve ni chez les tragiques, ni dans Pindare, et je ne crois pas qu'il ait jamais existé une pareille composition métrique.

phiques, attendu que dans toutes il y a des antistrophes. Celle des *Phéniciennes* sera proodique : le système monostrophique qui précède la strophe et l'antistrophe pouvant être considéré comme la proode, l'élément de diversité, *ἀνόμοιόν τι*, ajouté un peu violemment aux parties symétriques. La parode d'*Ajax* sera périodique, puisque la triade épodique qui commence au vers Ἦ ῥά σε est précédée d'un système de semblables dont l'ensemble peut être considéré comme une proode qui enveloppe avec l'épode, dont il diffère, la strophe et l'antistrophe [1].

Ainsi, si l'on veut donner à la règle d'Aristote une étendue qu'elle n'a peut-être pas, on peut encore le faire sans exclure de la parode les systèmes de semblables.

Quant à la seconde objection, qui consiste à dire que la parode, comme le stasimon, avec lequel elle se confond presque, ne doit avoir ni trochaïques tétramètres, ni systèmes d'anapestes, — car c'est ce qu'il faut entendre par les termes d'Aristote, — ici Hermann n'a plus pour lui Aristote. En excluant les trochées et les anapestes du stasimon, et en ne prononçant pas cette exclusion contre la parode, l'auteur de *la Poétique* paraît avoir permis de les y introduire, et cela semble naturel.

De quelque façon qu'on l'entende, il faut bien en effet reconnaître que le mot parode enferme une idée de mouvement. Hermann lui-même, disant avec grande raison que, pour se rendre un compte exact des changements rhythmiques et métriques des *chorica*, il faudrait connaître les diverses évolutions qui constituaient l'art savant et compliqué de la saltation scénique [2]; Hermann émet l'opi-

[1] M. Ritter a proposé de considérer ce système comme la parode même, qui, alors, n'aurait plus d'antistrophes : les formes *κατὰ σχέσιν* seraient ainsi le premier stasimon, suivant immédiatement la parode. Cela revient encore à séparer en deux parties distinctes un chœur dont l'unité saute aux yeux : de plus, en faisant suivre une parode, chant du chœur complet, d'un autre chant du chœur complet, ne méconnaît-on pas le rôle de ces chants du chœur? Ils ont pour effet de diviser la tragédie en actions partielles, de distinguer les divers moments de l'action dramatique et de reposer ainsi les émotions du spectateur. Mettre dans un seul de ces repos deux chants choriques, n'est-ce pas en méconnaître l'usage et l'une des plus utiles fonctions?

[2] C'est le sentiment de Tyrwhitt, de M. Ritter et du vieux commentateur ita-

nion que le chœur, d'abord divisé en parties, chantait les strophes et les antistrophes, et enfin l'épode; puis que, se réunissant ensuite en un seul groupe, il chantait d'autres strophes, et que l'*addition* de ces *odes* (ᾠδαί) explique le nom de parode donné à ces chœurs. Sans m'arrêter à détruire cette étymologie de la parode, qui ne paraît pas soutenable,—car le mot grec est πάροδος et non πάρῳδος, — je constate seulement que Hermann reconnaît que des danses quelconques étaient ajoutées au chant dans la parode. J'en tire la conséquence que la parode se distingue du stasimon chanté, sinon immobile et sans danse, du moins sans déplacement, στάντες; et, puisque les trochaïques et les anapestes ne sont exclus du stasimon que parce que le caractère de ces mètres de danse, de ces mouvements rapides, jurerait avec des chœurs d'un autre caractère et d'un autre mouvement, on ne doit pas appliquer cette exclusion à la parode. On nous oppose que, si la parode est ainsi définie, *les Perses* n'auront point de prologue, ou qu'elle se confondrait avec le prologue. J'ai déjà répondu que je n'y voyais pas de grave inconvénient. Mais pourquoi serait-on obligé de regarder comme la parode de cette pièce le chœur ou le choricum qui l'ouvre? Il n'a aucun des caractères que nous avons cru remarquer dans les formes lyriques chantées par le chœur complet. Au point de vue métrique, il est composé d'abord d'une période monostrophique de soixante-cinq colons anapestiques; à la suite, un léger changement a lieu dans le mètre et non dans le système, qui consiste à introduire, dans les cinquante colons anapestiques qui composent la seconde partie, quelques brachycatalectiques. Le changement, comme on le voit, est, pour ainsi dire nul, et n'offre qu'une variante si légère qu'on ne peut vraiment y appuyer le principe d'une division véritable et profonde. Ce principe se trouverait plutôt dans la troisième partie, qui contient quarante-sept colons trochaïques ici; ce

lien de *la Poétique*, le P. Beni, p. 321 : «Idcirco autem addit ejusdem chori stasi-«mum esse sine anapesto et trochæo, quia *parodo tantum* adhibentur isti pedes : «ut enim sunt saltationi accommodati, et carmen rotatile efficiunt ac versatile, ita «chori parodo seu ingressioni, quæ saltatione fit, adjungitur, non vero stasimo, «quum stasimum saltatione careat et a *consistentibus* chori personis una dictione «aut cantu peragatur.»

n'est plus seulement la mesure, c'est le rhythme qui change. Cependant les caractères du trochée et de l'anapeste, sans être identiques, ne sont pourtant pas assez opposés pour nécessiter là une séparation, que, d'ailleurs, personne n'a songé à y établir et qu'on a toujours fait remonter au vers 64, où rien ne la justifie. Enfin une quatrième partie de quinze vers anapestiques semblables aux premiers succède à ces trochaïques, et est elle-même suivie de l'ecthèse de tout le morceau. On voit donc que rien n'autorise la division de ce morceau lyrique en prologue et en parode, et que le caractère, supposé commun à la parode et aux stasimons, d'avoir des antistrophes, lui fait également défaut. Nous ne voyons rien qui nous porte à croire que ce morceau constitue la parode, ou qu'elle y soit comprise. Sans doute les restitutions pourront y introduire les formes antistrophiques; mais si l'on veut ensuite s'appuyer sur le caractère antistrophique pour démontrer que c'est bien là la parode, si ce n'est pas un cercle, c'est du moins une pure hypothèse qui ne peut communiquer aux conclusions que sa propre fragilité. D'ailleurs, autant d'éditeurs, autant d'hypothèses, de sorte qu'elles se détruisent mutuellement [1].

Envisagé au point de vue du style, des idées, des sentiments, nous ne voyons pas davantage l'indice de la parode. C'est un récit, le récit d'événements qui appartiennent à l'action, et qui, dans Eschyle, compose encore une notable partie de la fable tragique. Le ton lyrique est justifié par la situation du personnage, et expliqué par la date de la pièce; mais on y remarque l'absence de ces maximes générales, de cette obscurité qui plane à dessein sur les chants du chœur. Je reporte donc la parode des *Perses* au vers 531, et, selon moi, le choricum qui l'ouvre est un monologue ἀπὸ σκηνῆς du coryphée, faisant partie du prologue.

[1] Hermann rejette la parode d'*Oreste* au vers 805, et met l'épode, qu'il fait de trois vers, au milieu; le scholiaste et Matthiæ mettent l'épode à la fin. Je ne sais pourquoi la parode serait rejetée si loin; elle me paraît clairement indiquée au vers 306, αἶ, αἶ; et à en croire le scholiaste il n'y a pas là d'épode, parce que les épodes ne sont pas formées d'une seule espèce de mètres, l'anapestique : donc ce n'est pas une épode. Hermann reconnait le principe dont il cherche à atténuer les conséquences. (*Elem. doct. met.* p. 731.)

Les premiers mots du chœur (v. 531) sont une invocation à Jupiter; tout le morceau n'est qu'un cri de douleur, une expression pathétique, mais générale, de l'affliction immense où le récit du messager vient de plonger tout un peuple et la famille de ses princes. Si l'on objecte que la forme antistrophique n'est pas plus marquée par le scholiaste dans ce chœur que dans le premier, on n'échappe pas à cette difficulté en reportant la parode à l'ecthèse lyrique du drame : car on fait alors du chœur (v. 531) un stasimon non antistrophique, ce qui n'est pas moins grave. Mais le scholiaste dans *Agamemnon*, nous apprend que le chœur (v. 531) des *Perses*, a comme le chœur (v. 355) d'*Agamemnon*, des antistrophes.

Je ne puis pas nier qu'en portant, par suite de ce système, la parode de *Prométhée*, au vers 397, je suis en contradiction avec le scholiaste, qui l'appelle un stasimon. Mais qu'est-ce que la parode si ce n'est le premier des stasimons? Le stasimon, dit-on, est un chant immobile, et la parode une danse chantée[1]. N'est-ce pas exagérer la différence en les opposant ainsi? Comment croire que le stasimon fût absolument sans mouvement, que le chœur qui, en grec, désigne l'union intime de la parole, de la musique et de la danse, n'eût pas dans le stasimon ce triple caractère? Qu'il y eût dans la parode quelque évolution particulière qui ait justifié à l'origine son nom, et qui explique l'introduction facultative de l'anapeste et du trochée dans ses rhythmes, cela est à peu près certain; mais que la parode, lorsqu'elle n'est pas écrite en systèmes d'anapestes, et c'est le cas de *Prométhée*, ne puisse pas être considérée comme un stasimon, dont elle a tous les autres caractères, c'est ce que je ne puis pas admettre.

En dehors de l'exclusion des anapestes[2] et du trochaïque tétra-

[1] Ottf. Müller : « La différence entre la parode et le stasimon consiste uniquement en ce que la première commence *plus fréquemment* par une série de systèmes anapestiques, qui étaient adaptés particulièrement aux processions ou aux marches, ou bien qu'un système de cette nature était introduit entre les formes lyriques. »

[2] Hermann a prouvé que les systèmes anapestiques signalés par Tyrwhitt, dans une citation de *Sext. Empir.* adv. Mat. VI, 17, et considérés par ce dernier comme un stasimon d'Euripide, faisaient partie d'un fragment mutilé, où le commencement et la fin du texte sont séparés par une longue lacune.

mètre, je ne vois pas en quoi la parode pouvait différer du stasimon. Hermann n'adopte pas l'étymologie que tous les critiques ont donnée du mot stasimon sur la foi des scholiastes, et tout en croyant que les anapestes et les trochées étaient exclus de l'un comme de l'autre, il trouve dans une autre étymologie le principe d'une nouvelle distinction; il explique en outre par là le mot *λέξις*, donné par Aristote à la parode, en opposition au mot *μέλος*, réservé pour le stasimon [1].

Le stasimon diffère de la parode, suivant Hermann, non pas en ce que le chant lyrique n'admet pas les trochées et les anapestes, ce qui est vrai, mais inutile à dire; mais bien en ce qu'il n'est nulle part interrompu par ces sortes de mètres que peut seul réciter le coryphée : il forme, par conséquent, une mélodie continue, *στάσιμον*, qu'aucun récit, aucun rhythme de récitatif ne vient briser [2]. Le chant de la parode, au contraire, se trouve parfois coupé, comme on le peut voir dans *Antigone* où les anapestes (v. 210)

Ὃν ἐφ' ἁμετέρᾳ,

étaient récités par le coryphée et non par tout le chœur. Ce n'é-

[1] Il y a encore un autre sens du mot *στάσιμον* qui ne peut guère s'appliquer au chœur stasimon. Aristote donne à l'harmonie hypodorienne, réservée aux dialogues ou aux monologues des personnages, les épithètes de *μεγαλοπρεπὲς καὶ στάσιμον* : — magnanime et *calme, posée*. Pourrait-on donner aux chœurs, qui veulent un accent plaintif et de molles mélodies, une si noble épithète? C'est pourtant l'étymologie donnée par Henri Estienne.

[2] Considéré au point de vue poétique le stasimon, suivant O. Müller, «a pour «fonction de maintenir l'âme dans *ce calme spéculatif* nécessaire pour jouir d'une «œuvre d'art : voilà pourquoi il était introduit seulement dans les pauses, lors-«que l'action avait déjà parcouru une certaine course. Le chœur, dans ces sortes «de chants, apparaît dans son véritable caractère, qui est d'exprimer les senti-«ments d'une âme pieuse et *bien ordonnée* dans des formes nobles et belles.» J'avoue que je n'ai jamais rien compris à la théorie du chœur considéré comme spectateur idéal. Müller paraît quelquefois entendre *στάσιμον* dans le sens de *calme, posé*; il justifie ainsi le premier stasimon de *l'Œdipe à Colonne*, qui a lieu seulement après la scène où Thésée promet à Œdipe asile et protection dans l'Attique : «Jusque-là, dit-il, le chœur, balancé entre l'horreur du maudit et la pitié pour «ses malheurs, d'abord rempli de crainte, puis rempli d'espérances, est dans un «état d'agitation sans repos, et ne peut, en aucune façon, atteindre à *cette sérénité* «*et à ce calme* qui sont nécessaires pour distinguer la main d'un pouvoir supé-«rieur, qui gouverne tout.»

tait donc pas une mélodie pure, continue, et de là le mot λέξις, dont le sens étendu se prête à la double composition de la parode contenant à la fois un récit, λέξις, et un chœur chanté.

C'est une thèse difficile à soutenir. Comment croire qu'Aristote, au moment où on lui prête une intention si profonde et une recherche si subtile dans l'emploi du mot λέξις, ait pu dire, d'un côté, que la parode était dite par tout le chœur λέξις ὅλου χοροῦ, et, en même temps, ait voulu dire qu'une partie de la parode était simplement déclamée par un seul coryphée : tout le monde convient que le chœur, lorsqu'il était réuni, chantait.

C'est subtiliser à plaisir sur le mot λέξις : sa signification très-étendue explique très-bien l'usage qu'en fait Aristote, au lieu du mot μέλος, et l'on trouve concurremment employés, et en échange l'un de l'autre, ces deux mots. Ainsi dans Photius et Suidas : « On « appelle *monodie* lorsqu'un seul dit le chant, λέγῃ τὴν ᾠδήν. » Tzetzès avait prévu la difficulté et l'avait résolue dans ces vers techniques :

Ὅλου χοροῦ τε πρώτη λέξις τυγχάνει·
Ὠδὴν ὁ Εὐκλείδης δὲ, λέξιν οὐ λέγει,
Ταὐτὸν τάχα λέγοντες ἐν πολλοῖς λόγοις.

Et plus loin, dans la définition du stasimon :

Ὅταν χορὸς στὰς τι κατάρχεται λέγειν.

La scholie citée des *Phéniciennes*, sur le vers 202, nous apprend que « lorsque le chœur, après la parode, dit un chant, λέγῃ τι μέ« λος, qui a rapport au sujet, en restant immobile, le chant s'ap« pelle *stasimon*. » Favorinus répète cette scholie en termes à peu près identiques, et le scholiaste d'Aristophane (*Ran.* v. 1324) la résume ainsi : Ὃ ᾄδουσιν ἱστάμενοι οἱ χορευταί.

La scholie d'Aristote déjà citée, et qu'on retrouve dans l'argument des *Perses*, appelle *stasimons* les chœurs où l'on commence la thrénodie du drame.

Aristote se borne à dire que c'est un chant du chœur sans anapestes ni trochée. Hermann trouve ces définitions ineptes, *ineptæ sunt* : « le chœur, dit-il, n'était jamais immobile. » Il faut donc en revenir à l'hypohèse qu'il a proposée; mais M. Ritter a fait justement observer que cette hypothèse forçait, faussait même le sens du mot grec *σ7άσιμον*, puisque l'idée de continuité, de succession ininterrompue est rendue en grec par *συνεχής* et non par *σ7άσιμος*[1].

J'entends donc par stasimon, non pas un chœur uniquement chanté et dansé, mais dansé sur place[2]. Avant la parode, le chœur était dispersé, j'imagine, sur le proscenium ou sur les gradins du thymélé, et les mouvements, les évolutions qu'il faisait pour se grouper en chœur et se présenter au public avaient fait appeler son premier chant parode et avaient permis d'y introduire les anapestes et les trochées.

La parode n'était pas toujours antistrophique, les stasimons l'étaient constamment. Hermann a cru remarquer que, dans la parode, l'épode est ordinairement placée au milieu des strophes, ce qui n'arrive jamais dans les stasimons, et qu'après cette épode le rhythme change. Ainsi, dans la parode des *Phéniciennes*, le changement du rhythme et de la musique est manifeste après l'épode. Mais que devient cette observation si l'on écoute le scholiaste, qui ne voit pas là d'épode, mais deux strophes seulement[3]? D'ailleurs, le savant auteur de *la Métrique* reconnaît lui-même que ces caractères ne sont pas certains, ni universels : la parode d'*Oreste* est, à son compte même, toute en glyconiques, et dans la parode d'*Hippolyte* l'épode est placée après les strophes.

[1] Schol. Eschyl. *Agam.* v. 1178. « Diplé monostrophique et continue, *συνεχοῦς*. » Ce mot s'applique ici au rhythme de la diplé, car c'est un dialogue entre Cassandre et le chœur.

[2] Les mots de strophe et d'antistrophe emportent avec eux l'idée d'une danse. (Cf. Schol. Eurip. *Hec.* v. 640, et Marius Victorinus.) Ces danses, primitivement symboliques, devenues purement mimiques, étaient arrivées à des expressions conventionnelles. Je trouve un curieux détail dans une scholie des *Phéniciennes*, v. 1284, sur le sens qu'on devait attacher à une certaine figure de danse, à une espèce de quadrille du chœur. « Le chœur danse par quatre pour réconcilier les « adversaires, pour consoler les souffrants, pour faire connaître ceux qui reviennent « à ce moment et ne pas laisser le théâtre vide. »

[3] Il faut dire que rien n'égale le mépris d'Hermann pour les scholiastes, *quorum auctoritas nulla est.* — Les raisons d'Hermann pour ôter ainsi toute autorité aux scholiastes ne m'ont pas paru avoir elles-mêmes suffisamment d'autorité.

Le nombre des stasimons d'une tragédie n'était fixé ni par une règle, ni même, à ce qu'il semble, par un usage constant. Très-variable dans Eschyle, il est plus régulier chez les deux autres tragiques, où il est ordinairement de quatre, ou plutôt de cinq, en y comprenant la parode. Cependant il y a dans *Médée,* outre la parode, six stasimons, et, par conséquent, six épisodes, en n'y comprenant pas le prologue.

Voici, pour *les Phéniciennes,* la distribution des stasimons et des autres parties de la tragédie :

Vers 1 - 201. — Prologue.
Vers 202 - 260. — Parode.
Vers 261 - 638. — Premier épisode.
Vers 639 - 690. — Premier stasimon (épodique).
Vers 691 - 784. — Deuxième épisode.
Vers 785 - 834. — Deuxième stasimon (épodique).
Vers 835 - 1019. — Troisième épisode.
Vers 1020 - 1066. — Troisième stasimon (antistroph. pur).
Vers 1067 - 1284. — Quatrième épisode.
Vers 1285 - 1310. — Quatrième stasimon (antistroph. pur).
Vers 1311 - 1767. — Exode.

Quant à l'exécution musicale de ces morceaux lyriques, nous ne pourrions être intelligibles qu'au moyen de développements hors de proportion avec le but particulier de ce travail : nous nous bornerons à dire que, suivant un usage encore usité dans nos chœurs d'églises, le coryphée commençait seul le chant [1], que le chœur continuait ou reprenait. De même que chaque personnage avait un mode approprié à son caractère, quoiqu'ils restassent tous dans une sorte de tonalité commune, de même le chœur avait, comme un personnage, son mode particulier et qui lui était, pour ainsi dire, spécial : c'était le mixolydien, mode lamentable et que M. Vincent croit avoir été chanté dans un registre grave [3]. D'après

[1] D'où le mot *ἐξάρχων.* (Arist. *Poet.* c. IV, *ἀοιδοι θρήνων ἔξαρχοι*; Hom. *Iliad.* XXIV, 720-722. Cf. Aristot. *de Mundo*, c. VI.)

[2] Les registres graves semblent pourtant affectés aux sentiments fiers, fermes, virils, et les registres aigus, aux sentiments voluptueux, efféminés, de la joie extrême, comme de l'extrême douleur.

les recherches du savant académicien, ce mode avait sa mèse ou finale, qui fait l'office de tonique dans la musique grecque et ecclésiastique, sur le *mi*, en descendant du *si*. On sait que la notation grecque descendait du grave à l'aigu au lieu de monter comme dans notre système. Des flûtes, ou plutôt une seule flûte [1] accompagnait ces chants, les précédait, se faisait entendre dans les intervalles, jouait des espèces d'ouvertures [2], des solo même, et n'était jamais en état de couvrir le chanteur ni d'empêcher les paroles d'être clairement entendues. Chez ce peuple amoureux du vrai beau, partout où l'homme faisait entendre sa voix, la voix devait exprimer une pensée, et aucun bruit, si mélodieux qu'on le suppose, n'a de prix auprès de la parole exprimant une pensée [3].

Si l'on jette un regard sur l'ensemble de parties poétiques et

[1] La présence de l'aulète et l'intervention de la flûte étaient nécessaires dans toutes les fêtes de Bacchus. (Voyez les scholies de *la Paix*, v. 531, *Dem. in Mid.* p. 530, que cite le scholiaste.) M. Ch. Magnin a émis l'opinion que les parties iambiques étaient accompagnées de la lyre. Le meilleur de ses arguments est une pierre gravée représentant un poëte ou chorodidascale, une lyre en main, apprenant son rôle à un acteur. La lyre, en effet, était commode pour l'étude, puisqu'elle permet à celui qui s'en sert l'usage de la voix : mais il y a loin de là à la représentation. La flûte est l'instrument propre, exclusif de Bacchus. (Voir Donat sur *l'Andrienne*. Vitruv. l. v, préf. Schol. Aristoph. *Ran.* v. 1284, *διαύλιον*.)

[2] La musique de ces parties instrumentales avait un caractère tellement approprié au sujet qu'on devinait, à les entendre, la pièce qu'on allait jouer. *Acad.* I, l. II, n° 7 : « Quam multa, quæ nos fugiunt in cantu, exaudiunt in eo genere « exercitati? qui primo in flatu tibicinis Antiopam esse aiunt, aut Andromacham. » Les morceaux de musique d'entr'actes ne se trouvent indiqués que pour les comédies latines, d'où le chœur avait été supprimé. Plaut. *Pseud.* I, v, 562 :

Tibicen vos interea hic delectaverit.

Cf. M. Vincent, deux lettres à M. Rossignol, 1846 et 1847, *Journal général de l'Instruction publique.*

[3] C'est une des raisons pour lesquelles je crois que les Grecs n'ont jamais pratiqué l'harmonie. La musique en parties voile certainement la parole et subordonne la pensée à l'effet musical. Outre que le chant purement syllabique des Grecs se prête mal au contre-point, outre qu'ils ont connu tard la tierce mineure, qui seule donne l'accord parfait, je crois qu'ils n'en auraient pas goûté le charme, et les Grecs modernes déclarent ouvertement ne pas s'y plaire.

métriques qui composent l'édifice tragique, il est impossible que l'on ne soit pas frappé de l'art à la fois simple et profond qui a présidé à la construction, et du génie heureux qui en a réglé la parfaite ordonnance : les parties s'isolent et se distinguent aussi bien qu'elles s'enchaînent; elles ont leur grandeur déterminée, leur caractère propre, leurs fonctions spéciales, et cependant sont toutes nécessaires les unes aux autres, et chacune concourt librement à la beauté de l'ensemble, où elle se fond harmonieusement.

Le chœur n'est pas, dans la tragédie grecque, un simple accident de l'histoire. L'art peut justifier cette part donnée à la foule dans l'action dramatique.

Les peuples ne sont ni indifférents ni étrangers aux événements tragiques qui frappent leurs princes, dont la vie privée est toujours une vie publique. Le chœur est donc le témoin naturel, et quelquefois le confident, le conseiller de ses maîtres, et ce n'est pas une pure convention, issue des origines de la tragédie, qui explique et justifie le rôle que l'art dramatique, en Grèce, lui a donné. Seulement, l'art ne peut donner une voix à la foule que par la musique, et c'est parce que la tragédie était chantée qu'elle a pu avoir des chœurs. Il faut reconnaître, en outre, que c'est par suite de son origine historique que le chœur est resté l'élément essentiel et caractéristique de la poésie tragique, non par l'intérêt dramatique, mais par les souvenirs qu'il rappelle, la profondeur auguste de ses chants, le souffle inspiré, l'élan religieux du style et de la pensée. Il lie les actes, que nos entr'actes séparent et déchirent violemment, en modérant comme eux, selon les lois de la vraisemblance, le cours trop précipité de l'action, en reposant l'âme de cette concentration d'attention qui la fatigue et de ces violentes émotions qui l'épuisent; enfin, en divisant l'action totale en ses moments naturels et successifs, et, par là, en coupant la tragédie en des parties claires et distinctes, dont l'indépendance ne nuit pas à l'unité du tout.

Quoi qu'en ait pu dire le proverbe, il y a toujours eu dans la tragédie grecque quelque chose pour Bacchus; quand elle cessa d'être un dithyrambe, elle ne cessa pas d'être, dans une de ses parties d'étendue, dithyrambique. Le caractère enthousiaste et exalté des pensées, du style, des rhythmes, de la musique peut-être, ne cessa pas de rappeler le caractère des anciens hymnes consacrés à Bacchus, et tempéra, par la gravité sublime et la mystérieuse obscurité de ses formes, la frivolité du plaisir du théâtre.

Les Grecs seuls ont su, ont pu fondre dans une œuvre unique l'idée religieuse et la beauté esthétique, faire du culte une fête et sanctifier toute fête par une pensée plus haute et plus pure. Le chœur, après avoir été toute la tragédie, y resta pour lui maintenir ce grand caractère.

Toute liberté était laissée au poëte dans le choix des rhythmes du chœur, et, dans le principe, de leurs combinaisons. Nulle autre exclusion que celle d'une continuité d'anapestes formant système, et du trochaïque tétramètre, dont les rhythmes, trop vifs et trop dansants, ne pouvaient convenir qu'à la parode. Suivant ses propres inspirations, suivant le rôle qu'il confiait au chœur, le caractère qu'il voulait lui donner, il pouvait combiner à son gré les rhythmes et les mètres les plus divers, des rhythmes antipathiques même, suivant l'expression technique [1] : en un mot, il créait librement la strophe, et était tenu uniquement de la répéter une fois et pas davantage. On a trouvé là quelque chose de froid et d'impassible. Cette répétition de la forme antistrophique pure, suivant M. Éd. du Méril, artificielle et roide, est contraire au génie même de la poésie lyrique, qui est ce qu'il y a dans l'homme de plus libre, de plus mobile, qui est le cri frémissant d'une âme qui ne se possède plus, d'un cœur troublé, d'un esprit visité par l'inspiration et le délire de l'enthousiasme. Comment affirmer cela en face des *epinicia* de Pindare, qui sont tous antistrophiques, c'est-à-dire où le même groupe de strophes, d'antistrophes et d'épodes, est constamment reproduit? Pindare a-t-il donc créé ou adopté la forme rhythmique *la plus contraire au génie de la poésie lyrique?* Quelle est donc la poésie lyrique qui n'a pas admis la strophe, la stance, le couplet? Dans l'art, comme en toutes choses, la liberté n'est pas l'absence de loi, et les Grecs ne l'ont jamais ainsi comprise. L'art enferme dans son essence l'idée

[1] Μικτὰ καὶ ἀντιπαθεῖν.

de la mesure, de la règle, de l'ordre, qui n'exclut pas la liberté. La symétrie antistrophique me paraît bien plus souple et plus élastique que nos formes lyriques modernes. Qu'est-ce, en effet, que l'épode, si ce n'est une strophe sans antistrophe, c'est-à-dire absolument libre et indépendante? C'est donc une rupture de cette symétrie qu'on trouve si roide, un élément de diversité mêlé aux éléments similaires et y jetant la variété. L'épode peut devenir proode, mésode; elle peut être doublée, et ces épodes mises au commencement et à la fin des couplets semblables les enveloppent pour enclore le système et constituer la période. Cette liberté de combinaisons, si souple et si intelligente, ne se prête-t-elle pas à tous les sentiments que le chœur tragique est chargé d'exprimer?

Les Grecs n'avaient pas fixé le nombre des épisodes. Plus libres que nous-mêmes, ils l'augmentaient ou le diminuaient suivant la nature du sujet et les développements que comportait l'action [1]. Cependant, si cette loi n'apparaît pas, même comme un usage, chez les tragiques de la grande époque, il faut qu'elle ait été fixée chez les Alexandrins, qui essayèrent de ranimer, à force d'art et de travail, la flamme expirante du beau génie grec. Horace émet la règle des cinq actes comme absolue, et Cicéron y a déjà fait allusion : elle paraît d'ailleurs si fondée, que toutes les littératures dramatiques l'ont pratiquée et la respectent encore, du moins dans les grands genres.

Les parties épisodiques n'étaient pas écrites dans un rhythme uniforme. Le trimètre iambique, qui en était le mètre le plus usité, était remplacé dans les scènes de violence, d'action rapide et entraînée, par le tétramètre trochaïque, qui avait été le rhythme de la tragédie primitive lorsqu'elle n'était encore qu'un chœur dansé et chanté de satyres. C'est ainsi que le génie grec, sans renoncer aux progrès et aux changements, conservait les éléments antérieurs dans les formes nouvelles et donnait satisfaction à tous les besoins de renouvellement sans rompre la tradition du passé.

Dans d'autres circonstances, et lorsque la situation et les carac-

[1] *Antigone* a sept actes; *Philoctète*, trois, et, par conséquent, un seul stasimon. Dans l'*Agamemnon* d'Eschyle, le stasimon qui précède les prédictions de Cassandre, vers 975-1032, est le dernier.

tères s'y prêtaient, les personnages, soit seuls, soit entre eux, soit avec le chœur, s'élevaient jusqu'au ton lyrique, en adoptaient les formes rhythmiques, qui même alors devenaient complétement libres, et marchaient pour ainsi dire au hasard [1]. Les épisodes n'avaient donc point à redouter l'uniformité que produit à la longue la répétition ininterrompue du même rhythme et du même mètre, effet que la tragédie française, sans chœur et sans *cantica* [2], évite difficilement, et qui est rendu plus frappant par la marche trop solennelle et la majesté un peu apprêtée de son royal alexandrin.

Des transitions métriques ménageaient le passage du dialogue aux parties lyriques de la scène et du chœur, et réciproquement. C'étaient les anapestes, qui le plus souvent servaient à cet usage [3], ils semblent, en effet, un rhythme intermédiaire entre les rhythmes du chant et celui de la conversation, c'est-à-dire l'iambe.

Enfin la tragédie, qui avait commencé par un sacrifice offert par l'archonte ou le stratége de service, se terminait par un chant du chœur qui n'était pas accompagné de danses, et qui était une courte, mais véritable prière.

Ce n'est pas assez de dire que cette composition poétique est un monument d'une admirable architecture : comme l'architecture monumentale, elle fait une place et la plus belle à la sculpture, à la statuaire, au groupe animé et vivant. Elle pose ses héros, pour ainsi dire, sur le fronton glorieux de son temple, tandis que le

[1] Τὰ ἀπολελυμένα... Τὰ εἰκῆ γεγραμμένα.

[2] Les strophes du *Cid* :

Percé jusques au fond du cœur. . . .

et celles de *Polyeucte*

Source délicieuse en misères féconde. . . . .

sont, avec la prophétie de Joad, les seuls débris des chants lyriques confiés aux acteurs dans notre tragédie. Ce sont de véritables *thrènes*, et, comme disaient les Latins, des *cantica*.

[3] Ainsi, après le deuxième stasimon d'*Agamemnon*, au moment de l'entrée du roi sur son char, le chœur a fini ses strophes ; un coryphée prend la parole pour saluer le prince qui arrive : ce sont des anapestes qui serviront de transition aux iambes d'Agamemnon.

chœur, remplissant le rôle inférieur et modeste de la frise qui circule au-dessous du fronton, est comme un bas-relief poétique. Quant à l'architecture elle-même, elle détermine la place, l'étendue, la proportion des parties et en compose l'unité. Ainsi la tragédie grecque, à la pureté des lignes, à la parfaite harmonie des parties, joint le mouvement, la vie, l'action, c'est-à-dire la beauté accomplie. « Jamais rien de plus beau ne s'est vu; rien de plus « beau ne se verra jamais[1]. »

[1] Hegel. — Schlegel, O. Müller, Hegel recommandent également l'étude de la sculpture antique à ceux qui veulent pénétrer la beauté de la tragédie grecque.

Imprimerie impériale — 1865

www.ingramcontent.com/pod-product-compliance
Ingram Content Group UK Ltd.
Pitfield, Milton Keynes, MK11 3LW, UK
UKHW021955260726
13994UKWH00004B/1751

9 782329 480893